CHARLES-QUINT

ABDIQUANT, EN FAVEUR DE PHILIPPE II,

LA SOUVERAINETÉ DE LA FLANDRE

ET DE

LA FRANCHE-COMTÉ.

CHARLES-QUINT

ABDIQUANT, EN FAVEUR DE PHILIPPE II,

LA SOUVERAINETÉ DE LA FLANDRE

ET DE

LA FRANCHE-COMTÉ,

PIÈCE COURONNÉE PAR L'ACADÉMIE DE BESANÇON

DANS SA SÉANCE PUBLIQUE DU 23 AOUT 1858 ;

PAR

Claude-Joseph BOUVIER,

Docteur-Médecin à Héricourt (Haute-Saône).

BESANÇON,

IMPRIMERIE ET LITHOGRAPHIE DE J. JACQUIN,

Grande-Rue, 14, à la Vieille-Intendance.

1858.

CHARLES-QUINT

ABDIQUANT

LA SOUVERAINETÉ DE LA FLANDRE

ET DE

LA FRANCHE-COMTÉ.

I.

« Frère, il faut mourir ! »

L'Empereur est debout, pâle et silencieux :
De sa paupière ardente essuyant quelques larmes,
Tantôt d'un long regard il caresse ses armes,
Et tantôt son œil d'aigle interroge les cieux.

Il veut sourire encor malgré son trouble extrême,
Mais l'image du Christ soudain le fait trembler.
En vain dans sa faiblesse il cherche à rappeler
Sur ses traits contractés l'orgueil du rang suprême.

A ses profonds soupirs succèdent des sanglots ;
Sa voix, dont il ne peut ressusciter l'empire,
En sourds gémissements sur ses lèvres expire,
Ainsi qu'aux bords des mers viennent mourir les flots.

Quel est donc le fardeau de son âme oppressée?
Quelle angoisse l'étreint? Quel noir pressentiment
Le livre sans défense à cet affreux tourment?
Est-ce la mort déjà présente à sa pensée?

Craint-il que l'Eternel, de qui vient sa splendeur,
Sans pitié le frappant de tardifs anathèmes,
Ne fasse de son front tomber ses diadèmes,
Pour le ceindre à jamais d'opprobre et de malheur?

Nul ne le sait!... Peut-être à l'ami qu'il préfère,
Au ministre honoré, comblé de ses faveurs,
Peut-être dira-t-il le secret des terreurs
Dont l'incessant retour lui rend la vie amère.

Il est là, près de lui, muet d'étonnement,
Le grand homme d'Etat que le monarque oublie ;
Il n'ose interroger cette mélancolie,
Ce désespoir sans nom, ce sombre accablement.

Tout à coup de ses maux domptant la violence,
Charles-Quint vient s'asseoir en face du prélat,
Et rompt enfin pour lui, d'une voix sans éclat,
Par ces tristes accents son douloureux silence :

« Granvelle, je languis et je m'éteins, hélas !
Dans mon abattement je ne me connais pas,
Je m'égare et me perds, la raison m'abandonne.
Pour arracher mon cœur au deuil qui l'environne,
Ami, je me consume en efforts superflus ;
A mes propres désirs je ne commande plus.
Contre moi-même en vain je lutte, je m'agite ;
Le bruit me fait frémir et le calme m'irrite.
Un invincible effroi sans cesse me poursuit ;
Je redoute le jour, je redoute la nuit ;

Et, plein des souvenirs que mon passé m'envoie,
A des remords cuisants je sens mon âme en proie.

Mes crimes ont flétri mon immense pouvoir :
Pour l'accroître on m'a vu forfaire à mon devoir....
Et malgré mes terreurs, malgré ma défaillance,
Je suis trop à l'étroit dans ma toute-puissance !

Quelle exécrable vie !... Elle me fait horreur !
De mes tremblantes mains vous voyez la maigreur ;
Vous voyez mon visage, un cadavre est moins blême.
Eh bien ! Granvelle, il est une part de moi-même
Encor plus misérable et plus triste... mon cœur !
Là se trouve la plaie où se tord ma douleur,
Où mes peines, sans fin aiguisant leur morsure,
Me font agoniser sous leur lente torture.

Et je règne ! Grand Dieu ! devrais-je encor régner ?
Et n'aurais-je pas dû déjà m'en éloigner,
De ce trône, où ma vie est un odieux rêve,
Où ma gloire incomplète est un regret sans trève ?

Mon sort, que sa grandeur sauvera de l'oubli,
Etait d'être plus grand !... Puisqu'il n'est pas rempli,
Ce vide que le Ciel laisse à mon auréole,
Puisqu'il a condamné comme une vaine idole
Le désir qui faisait de moi seul mon seul bien,
Je renonce à mon sceptre et ne tiens plus à rien !

Pendant d'affreuses nuits, à mon âme ébranlée
La vérité tardive enfin s'est dévoilée :
Dieu s'apprête à punir mon indomptable orgueil.
A la place d'un trône il me montre un cercueil !
Epouvantable échange, où du moins la prière
Promet un peu de calme à mon heure dernière.

J'obéirai sans honte à des vœux solennels,
Pour éviter l'horreur des tourments éternels.

De ces tourments peut-être un seul jour me sépare ;
Un seul jour, et de moi l'éternité s'empare :
Inévitable abîme où, sans pardon jugé,
Pour souffrir à jamais le coupable est plongé.

Il faut céder ! Il faut avec mes diadèmes
Arracher de mon front les pesants anathèmes
Dont le Ciel inflexible accable mon effroi...
Philippe régnera. — Ton père te fait roi,
Mon fils ! Prends, mon cher fils, ma royauté flétrie ;
Rends-lui tout son éclat, et fais que la patrie
Retrouve sous ton sceptre un heureux avenir,
Et de moi, s'il se peut, perde le souvenir !

Et vous que tant de fois, dans mes grandeurs passées,
J'ai fait le confident de toutes mes pensées,
Vous, le premier instruit de mon secret dessein,
Granvelle, que mes bras vous pressent sur mon sein !
Je vivrai sans vous voir, ô comble de misère !
Conservez-moi du moins votre amitié si chère ;
Que jamais rien ne puisse en affaiblir l'ardeur :
Respectez des liens dont Dieu même est l'auteur.
Tant que mes yeux verront un reste de lumière,
Aimez-moi dans mon fils. » — « A moi cette prière !
A moi ! répond Granvelle. En cette extrémité
Sire, douteriez-vous de ma fidélité ?
D'une illustre amitié j'estime trop la gloire
Pour n'en pas conserver et bénir la mémoire. »

Une dernière étreinte, un long embrassement
Du prince et du prélat scellent l'attachement.
Orgueilleux l'un de l'autre, en confondant leurs larmes,
D'un bonheur qui s'éteint ils savourent les charmes ;
Puis, ils vont, résignés, demander à la nuit
Un repos impossible, une paix qui les fuit.

II.

La Flandre a tressailli! Sa vieille métropole,
Dans des apprêts de fête oubliant le sommeil,
De ses arcs de triomphe achève la coupole
Où brillent les drapeaux et l'aigle de vermeil.
Les longs tissus de soie, admirables tentures,
Ont déployé partout l'éclat de leurs couleurs,
Et partout le laurier et le myrte et les fleurs
De la riche torsade enlacent les dorures.

Le faîte du palais attire les regards
      Sur la bannière de l'empire;
Sous ses plis orgueilleux flottent deux étendards
      Où leur vieille gloire respire :
L'un, emblème constant de la fidélité,
Balance l'écusson de la Franche-Comté ;
L'autre, dans le brocart de ses palmes fleuries,
Porte des Pays-Bas les nobles armoiries.

Pendant que des clairons l'accord vif et lointain,
Redit par les échos, jette sa voix d'airain
Sur le bruit qui s'étend dans les profondes rues
Par la foule joyeuse ardemment parcourues,
Dans cette mer vivante, on voit au dur Germain
L'Indien opulent venir tendre la main,
L'Espagnol saluer les grands de l'Italie;
Et, plus loin, respectant le saint nœud qui les lie,
Dans le même avenir et sous les mêmes lois,
Le Flamand embrasser le seigneur franc-comtois.
Ils sont tous étrangers, que dis-je? ils sont tous frères,
Un seul maître préside à leurs destins prospères.
A sa puissante voix ils sont venus à lui,

Et leurs cœurs étonnés connaîtront aujourd'hui
De ses secrets desseins la bonté paternelle.
Le beffroi retentit, c'est l'heure solennelle !

Princes, ambassadeurs, barons et magistrats,
Seigneurs et chevaliers, députés et prélats,
Aux costumes dorés, aux lèvres souriantes,
Tous accourent, émus, vers les salles brillantes
Où, prêt à dévoiler les désirs de son cœur,
Charles-Quint va paraître, entouré de splendeur.

Les grands sont réunis, et l'auguste assemblée,
Sur de soyeux coussins doucement installée,
Attend silencieuse..., et se lève soudain.
— « L'Empereur ! » — Aussitôt paraît le souverain.
De la cour qui le suit le faste se déroule ;
Et, marchant à pas lents, et contemplant la foule
Qui l'acclame et l'admire en sa noble fierté,
Il s'avance imposant et plein de majesté.

Le diadème au front, sous la pourpre et l'hermine,
Il laisse ruisseler sur sa large poitrine
La chaîne où les saphirs ornent la Toison d'Or.
Auprès de ce joyau de son riche trésor,
Resplendit dans sa main le sceptre tutélaire
Que sillonne en tous sens la gloire héréditaire.
Son règne est buriné sur ce sceptre béni
Dont la toute-puissance ensemble a réuni
Les Pays-Bas vaincus, la superbe Allemagne,
La fidèle Comté, la florissante Espagne,
L'énergique Italie, et, sous un ciel lointain,
Les Indes au sol d'or, l'orgueil du souverain.
Il poursuit, radieux, sa marche triomphale ;
Sa pensée embellit sa tête impériale :
A le voir, on pressent un heureux avenir,
Et chacun de ses pas évoque un souvenir.

L'héritier des Césars, le nouveau Charlemagne

Regarde avec amour son fils, qui l'accompagne ;
Il sourit tendrement à l'éminent prélat
Qui d'un règne immortel a soutenu l'éclat ;
Et, saluant les grands qu'illustre sa couronne,
Il s'arrête, il tressaille et monte sur son trône.
En ce moment suprême, un murmure flatteur,
Comme un parfum suave, autour de l'empereur
S'élève et l'investit d'une gloire nouvelle.

Philippe est à sa droite, à sa gauche est Granvelle :
L'un, superbe, hautain, sous son manteau d'azur,
Déjà semble jouir de son règne futur ;
L'autre, baissant les yeux, dans son maintien modeste,
Pour ces rois d'ici-bas semble un guide céleste.
Ils ont vu Charles-Quint, pénétré de ferveur,
Et regardant l'image où meurt le Dieu sauveur,
Du signe de la foi marquer son front austère ;
Et ce signe sacré, qui rappelle un mystère,
Sur leurs fronts découverts se dessine humblement,
Tandis qu'associée au saint recueillement
Qui sur tant de splendeurs soudain vient d'apparaître,
La cour s'est inclinée, à l'exemple du maître.
Mais lui, toujours auguste en son humilité,
Il relève la tête avec solennité,
Et sa voix, maintenant plus mâle que plaintive,
Fait retentir ces mots sur la foule attentive :

« Hauts et puissants seigneurs, le glaive des combats,
En mettant à mes pieds de puissants potentats,
D'un éclat immortel a couvert ma mémoire.
Mais par de longs travaux mes quarante ans de gloire
Ont vaincu mon courage et brisé ma vigueur,
A ce point que parfois ma gloire me fait peur !
Des choses d'ici-bas retour inexorable !
Pour servir mes desseins, me montrant implacable,
Plus dur à chaque instant, plus fier de jour en jour,
Je bravais l'équité, j'employais tour à tour
La ruse et le serment, la fraude et l'imposture ;

Basant sur l'injustice et ma grandeur future,
Et le sort de ma race, et mon immense orgueil,
J'allais vers l'avenir sans songer à l'écueil
Qui devait mettre un terme à ma course effrénée.
Cet écueil a surgi dans mon âme étonnée :
Ce sont mes remords!.... Dieu leur a laissé le soin
De me crier bien haut : — « Tu n'iras pas plus loin! »

Faisant à mes rivaux d'incessantes querelles,
J'ai nourri trop longtemps nos discordes cruelles;
Sur le sol ennemi, que la guerre a foulé,
Par mon ambition trop de sang a coulé.
Le Ciel m'arrête enfin dans mon œuvre funèbre.
Victimes d'un renom si tristement célèbre,
C'est à moi maintenant de porter votre deuil,
Et de me préparer à la nuit du cercueil.

Eh bien! loin de ma cour, le front dans la poussière,
J'irai purifier mes jours par la prière,
Et, livré désormais à de saintes ardeurs,
J'irai d'un règne injuste expier les splendeurs,
Trop heureux si je puis, dans une paix profonde,
Oublier pour le ciel mon orgueil et le monde !

Je vivrai dans mon fils : il va régner sur nous,
Toujours digne de moi, toujours digne de vous.
Aux plus mâles vertus j'ai formé son enfance ;
Il est juste, il est grand; qu'il soit votre espérance !
Abdiquant aujourd'hui ma souveraineté,
Je lui cède la Flandre et la Franche-Comté,
Et de la Toison d'Or la suprême maîtrise.
Vous tous qu'avec amour ma bonté favorise,
Flamands et Franc-Comtois, je connais votre cœur,
Autant que vous m'aimiez, aimez mon successeur.

Et vous, qui du pouvoir allez goûter l'ivresse,
Vous, qu'ici l'on salue avec tant d'allégresse,
Philippe, mon cher fils, souvenez-vous toujours

Que dans l'ombre pour vous je vais finir mes jours.
S'il plaît à Charles-Quint, s'il plaît à votre père,
De s'enfermer vivant au fond d'un monastère
Pour vous abandonner le trône avant sa fin,
N'oubliez pas, mon fils, qu'un si brillant destin
N'est le vôtre à présent que par ma bienveillance ;
Et, pour me témoigner votre reconnaissance,
Sachez à vos sujets prodiguer dès ce jour
Ce que vous me devez de tendresse et d'amour,
En recevant de moi le sceptre et la couronne.
Quand d'un mal sans espoir l'horreur les environne,
Les autres potentats laissent la mort venir,
Pour qu'elle ouvre à leurs fils leur royal avenir :
Moi, je veux à la mort enlever cette gloire
Et par mon dévoûment consacrer ma mémoire.
Si j'ose me soustraire à la commune loi,
C'est pour vous voir, mon fils, vivre et régner par moi. »

Il dit, et l'âme émue, et les yeux pleins de larmes,
Du bonheur de Philippe il savoure les charmes;
Et tandis que les pleurs coulent de tous les yeux,
Charles, dont le regard semble invoquer les cieux,
Soudain couvre son fils du long manteau d'hermine,
Et, lui donnant le sceptre, il prend sur sa poitrine
Le splendide collier qui tremble dans sa main,
Et le suspend au cou du jeune souverain ;
Puis, pour lui conférer la dignité suprême,
Il pose sur son front le brillant diadème.

Granvelle, à qui le sort réservait cet honneur,
Au nom du nouveau roi, répond à l'empereur :

« Sire, votre grand nom, toujours si redoutable,
Dès longtemps a conquis un lustre ineffaçable.
L'histoire s'en empare, et déjà son burin
Le grave en lettres d'or sur ses tables d'airain.
Ce mémorable jour, cette heure solennelle

En rehaussent encor l'auréole immortelle.
Sans doute on redira les combats incessants
Que vous avez livrés à des rivaux puissants ;
Mais faut-il en gémir ? Ces œuvres de carnage
Des trônes d'ici-bas sont le triste apanage :
Les rois tiennent ces maux de leur suprême rang,
Et trop souvent leur gloire a des taches de sang.
Quels monarques fameux n'en ont point fait répandre ?
Quels lauriers n'en sont teints ? La gloire d'Alexandre,
Celle de Charlemagne et celle de César,
De tous ces conquérants qui foulaient sous leur char
Leurs ennemis vaincus et tremblants dans les chaînes,
N'a-t-elle pas surgi des fureurs inhumaines
Dont la trace a couvert les champs et les cités ?
Ici, deviez-vous donc, à nos cœurs attristés,
Avec tant de rigueur dénoncer votre gloire ?
Les plus grands potentats, craignant pour leur mémoire,
Tâchaient par leurs bontés d'adoucir le malheur,
Et joignaient la clémence aux palmes du vainqueur ;
Ils rachetaient ainsi les fautes de leur vie.
Vous saviez cette voie et vous l'avez suivie :
Des princes, vos rivaux, soulageant les revers,
Par votre grandeur d'âme étonnant l'univers,
Evitant avec soin les combats inutiles,
Déplorant les succès des luttes difficiles,
Prodiguant vos bienfaits à tous les malheureux
Et ne voyant toujours que des frères en eux.
Sire, contre les traits d'une vaine censure
Tant de nobles vertus sont votre égide sûre,
Et rien n'affaiblira le prestige sacré
Dont brille à tous les yeux votre front vénéré.

C'est quand tout vous sourit qu'un sanglot d'agonie
Arrête dans son vol votre puissant génie,
Et qu'un souffle de mort passe sur son flambeau,
Pour vous mettre à genoux à l'ombre d'un tombeau
Et vous faire petit sous le poids de la vie !

L'immense sacrifice auquel Dieu vous convie,
Vous voulez l'accepter avec humilité,
Pour accomplir en tout sa sainte volonté !....
Loin du trône éclatant d'où vous allez descendre,
Vous serez pour nous tous toujours grand sous la cendre,
Vous serez pour le monde un prodige étonnant,
Pour vos peuples toujours un père bienveillant,
Pour moi, Sire, à jamais un ami dont la gloire
Sauvera de l'oubli mon obscure mémoire.

Mais Philippe nous reste; il est digne de vous,
Ce prince que vos soins ont élevé pour nous.
Sur le front de ce fils, où tant d'éclat rayonne,
Vous avez déposé votre auguste couronne :
Pour lui c'est le bonheur, et pour nous c'est l'espoir.
Si de vous avant l'heure il reçoit le pouvoir,
Vous voulez qu'il réponde à vos vives tendresses,
En comblant ses sujets de bontés, de largesses :
Sire, ce saint pouvoir qui devance ses vœux,
Il saura l'employer à faire des heureux ! »

Ainsi parla Granvelle, et l'assemblée entière
Dans ses élans d'amour acclame, heureuse et fière,
Le jeune souverain et le vieil empereur.
Les applaudissements font tressaillir leur cœur :
De ces joyeux transports l'enivrante harmonie,
Si douce pour Philippe à cette heure bénie,
Assombrit Charles-Quint, qui, le regard baissé,
Se replonge tremblant dans l'ombre du passé.
Sur ces rangs agités dont chacun le salue
Il craint de relever sa paupière éperdue,
Et, livrant au hasard ses pas mal assurés,
Du trône, après son fils, il descend les degrés.
Ce puissant potentat, si superbe naguère,
Si brillant dans la paix, si vaillant dans la guerre,
A présent sans couronne et plein d'un sombre effroi,
N'est plus qu'un cénobite à la suite d'un roi !..

www.ingramcontent.com/pod-product-compliance
Lightning Source LLC
Chambersburg PA
CBHW061422170626
46811CB00005B/2088